歌集

夜のあすなろ

佐々木通代

Sasaki Michiyo

六花書林

夜のあすなろ　＊　目次

I

夜のあすなろ

装幀　真田幸治

I

八十八夜

傘を干し服干し靴干しみづからを干して八十八夜となりぬ

ヴァイオリン弾くやうに切るこの朝の野菜サンドのみどり濃《こ》みどり

着水のしぶき激しき雄がまさる紫イトマキエイの求愛

雛罌粟《ひなげし》のひらく立夏をあゆみをり羊羹虎屋のかみぶくろ下げ

男きてサキソフォン吹くはつなつの弁天池に緋鯉はゆらぐ

あぶちろん花の名前はひとしきりわたしに灯る客人《まらうど》のごと

あれは誰《た》が望遠鏡を逃れたる月かあかるくたかく欠けゆく

折紙のやう花のやう夢の舟かずかぎりなしちかづくほどに

若夏

あかあかと羽をひろげて青空に梯梧《でいご》が咲けば島はもう夏

とほあさの海しろにごり水牛車ゆきかふ彼方あはき島影

車ひく牛のまなこのしづかなり海をうつさず空をうつさず

夕ぐれにまだいとまある由布島《ゆぶじま》のみづにひたりて牛らいこへる

わかなつの波うちぎはに日はたけて珊瑚《さんご》くだけし砂かがやけり

船べりにひかりと波のあひまじる音ここちよし若夏の風

あかご泣くこゑはめざまし赤瓦ひくくのせたる家のうちより

海のぞむ唐人墓に月桃《げっとう》のあかきつぼみはほころび初めぬ

はらほろり

はらほろり風船かづらのしら花にほらふりはらり七月の雨

ぴしぴしと目高はひかりくぐりをりすいれん鉢に七月の雨

盗みたる竹の子すでに竹にして男《を》の子らならべ叱れり夢に

無量寺の庭のつつじのはなの蜜こぞりて吸ひき学童われら

西光山無量寺までの坂をのぼり坂をくだりわが幼年なりき

日あたれる入笠山《にふかさやま》のやま肌にわれはも立ちて呼びし谺《こだま》よ

日日草あひだひとしく植ゑてあるマンション前をすぎつつ淋し

暮れ残る化粧鏡にうつりこむ二藍《ふたあゐ》めけるそらを怖るる

ポケットの蜂

冷蔵庫の扉に張りしふくろふの黒き磁石の目にみられをり

ふくらめる桔梗《ききやう》のつぼみあかるむと書きたくて書く短い手紙

そのこころ酸いか甘いかこんなにも青ざめながらあなたは蜜柑

徒長枝《とちやうし》を伐りたるそらのひろがりに十三日の月あふれだす

窓のそと浮遊してのちおほきなる茶筒のうへに降りて目覚めつ

いつのまに入《はひ》り込みしかフリースのわがポケットの一匹の蜂

言ひ分はあらむわが指ひと刺ししポケットの中に死にし蜂にも

もしや蜂ひそみてゐぬか秋もなかあたたかさうな君のポケット

兎

マンションのケージに兎ねむりをり冷蔵庫のなか白葱は伸び

寂しいとおまへは死んでしまふのか蛍光灯に耳ほのあかし

耳菜草《みみなぐさ》、はこべ、たんぽぽ野に咲いてわたしにもゐた白い兎が
ひかりふる水の辺《へ》にをり白鷺の風切羽にかげゆらぐまで
追ひ風にうさぎいくつも跳んでゐる葡萄畑を過ぎてあゆめり

中也記念館

昼食までのわづかな暇にわれは来て三十年の生涯たどる

額《ぬか》おほふフェルトの帽子「生贄《いけにへ》の山羊」と自らを言ひたる中也

双眸《さうぼう》はむしろさかなのごとく潤み末黒野《すぐろの》にゐる中原中也

早熟の汚さといふ自意識のあはれ無帽の中也おもなが

かなしみは汚れてないとおめおめと何時か中也の倍生きてをり

すすぎたる面《おもて》いちまいこのよるの月にさらして秋のいりくち

狂はない狂はば狂へ　なかぞらに月をひく馬ふいにあらはれ

シャッター式雨戸といふは凄まじき音にて分かつ小菊とわれを

響きあふ

胡桃下《くるみがした》といふ神社にくるみの実しんとみのりて秋ふかみかも

目から目へしかと伝はり即興はヴァイオリンよりすなはち笛へ

篠笛にあまりにアラブヴァイオリン響きあふゆゑわが泣かまほし

鯉の背を鴨わたるときあなあはれひとときを鰭《ひれ》に触るる水搔き

てぶくろの無き手をわれは悔やみをり長き梯子を下れるゆめに

『七つの秘密』『八つの犯罪』九つのわれ放課後をむさぼり読みき

オルガンに父のかなづる歯切れよき「埴生の宿」のふとも聞こえ来《く》

ゆふぐれにふるへる山羊のこゑはして哀しみ知りし谷あひの家

こうのすシネマ

ほそき髪切らるるわれを映しゐる鏡のおくに雪ふりしきる

雪の日のこうのすシネマにみてゐたり零式戦闘機ひるがへる空

去年《こぞ》かへりし目高七匹かくまへるすいれん鉢に雪降りつもる

秩父路のよぢれよぢれのいつぽんの柘榴《ざくろ》に積もる雪をおもへり

夜は青い……インク滲みていちめんの積雪しるすふるき日記に

家中の鍋みがきあげ「あ、雪」と言ひにし母のよはひも過ぎつ

情《じやう》ふかき女のごとし夜《よ》はふけてしんしん雪が降るふりつもる

ゆめにをとこ大鍋ひとつ運びをり畳のうへをいたくしづかに

かなづちで胡桃《くるみ》を割りしむかしありわが指なにか焦げた匂ひす

鼻水に溺れるごとくわがをれば雪掻くシャベルの音しきりなり

果てしなき群青の夜《よ》のひとすみに「雪あかり」なる吟醸を酌む

口紅水仙

ひとたばの口紅水仙たむけたりわたしの歌集を知らない母へ

矢がすりの母は佇ちゐつ中野なる桃園町に五叉路はありて

桃園町五叉路は馬も通りしと記せるメモも失せてひさしき

陸軍の伯父の乗りゐし朝ごとの馬のみごとさ母は言ひたり

出立のあさの帽子に手をふれて礼などせしか馬上の伯父は

つらなりて砂の丘ゆく駱駝なれ月に吠えたき夜《よ》もありぬべし

ヒヤシンス白根を伸ばす頃ほひかわれに頭痛のふつふつわき来《く》

諏訪

白雲はかがよひものの影しるし生まれし諏訪にわが来たりけり

着ぶくれし赤子の写真一枚あり諏訪郡茅野《ちの》にわれ生まれたり

赤彦が子の声ききし終《つひ》の部屋いづれば山はかぶさるごとし

ただ一度父と入りにし映画館いでて諏訪湖のまぶしかりけり

間欠泉めがけ走りしいつの日の諏訪湖の岸か芝あをみゐき

独活《うど》のはな白くけぶれる湿原の木道あゆむ日照雨《そばへ》に濡れて

霧ヶ峰そらとふれあひ十三歳《じふさん》のこころひたすら恋に焦がれき

四日月ひかり初めたり海蛍すくひにゆきし娘もどらず

みじかき夢

あさがほの青よりあをき夜《よ》のそこひ漂ひゐたりみじかき夢に

「夏は去ってゆかうとしてゐた」をりをりに朗読せりき高校生われ

一途なる言葉をいまだ知らざれば夏茱萸《なつぐみ》の枝《え》をただ手折りゐき

四半分の西瓜のかたへ脚なげだし藤田嗣治の少女はすわる

アッパッパせりだし重き西瓜腹の夏すぎてわれ男児を産みき

ことごとく庭の青紫蘇食ひつくしかの裸虫いづくに匂ふ

いくらかの勇気をふるひ昼ひとり鰻屋にきて鰻重を食ぶ

芳一をおもへば両のわが耳に日焼けどめ塗るおもてもうらも

鉄橋わたる

東京の雨のしづくの付いてゐる窓あかるみて鉄橋わたる

山茶花のくれなゐしづむみづたまり跨げばとほく雷鳴きこゆ

せぐくまり娘のわれにただいちど父は言ひたり共に住まむと

マゼンタに鶏頭燃えてななたびの父母《ちちはは》のなき秋はめぐり来《く》

いつからか厚き器にしたしみてけふは南瓜のふくめ煮を盛る

山の影抱《いだ》きわづかに紅葉《もみぢ》する山のかなたに山けぶりゐき

散り残りまたちりのこり飛切りのさくらもみぢの果ての蒼穹

冬木

胃をとりて三日の兄が病院の廊下をあゆむ義姉の部屋まで

点滴台したがへわれの先をゆく見たこともない明るさに兄は

兄よりも義姉の病状進みをれば出ださむとして言葉は出でず

病棟の廊下のはしに藍ふかき赤城のやまを兄とみてゐる

ともに妻なくせし兄と弟があひ寄りにけり唱歌ながれて

幼子は捩れあひまたわらひあひ清めの席のかたへに遊ぶ

いただいたごちそうばかりおもひだす荒川堤さくらさいてた

キイチゴの冬木凝れる庭の辺《べ》を車すりぬける亡きひとのため

ジャズマン

あまりにも兄の遺影のおだやかにゑみをれば姉もわれも涙す

若き日はジャズマンなりき新潟の海辺にアルトサックスを吹く

ほほ痩せて高校生のおもざしの兄さんだつたさいごの会ひに

泡のごと溶けてしまひし兄とおもふ義姉なくなりて二十日目の朝

「道祖神」と彫りあるのみの道祖神かこみて喇叭水仙咲いて

Ⅱ

風の僧院

三月の雪ふるパリに震へつつノルマンディーへ行くバスに乗る

丈ひくき馬が一頭くさを食むひろき牧場《まきば》に雪ふりながら

おほきなる毬藻《まりも》のやうな宿木《やどりぎ》をのせてポプラの裸木ならぶ

蛇行して修道院へつづく坂ひとらひしめき物売られをり

たかだかと剣《つるぎ》をかざす天使像みあげてすすむただ風のなか

風すさぶモンサンミシェルの回廊を息子と巡るフード押さへて

中庭に雪積もりをり風止みしモンサンミシェルの宿に覚めれば

朝粥をいただくやうに掬ひをり修道院のゆるきオムレツ

パリ

雪解けしところを歩むシャンゼリゼ鳩が寄りくる掏摸《すり》が寄りくる

躊躇はず「あれはジプシー」パリに住み三十年のガイド氏は言ふ

テラス席丸テーブルに雪解けのしづくしたたりパリ裏通り

フランソワーズ・サガンばかりを読みをりし十六歳の夏をおもへり

雪解けてかがよふ街区ながめをりカッフェの赤い窓枠ごしに

満月のやうなるピザを食べてをりセーヌの岸に近きカッフェに

ひとしきり地図をながめてパリ四区歩きだす子にわれは従ふ

モンパルナス塔《タワー》にのぼり見下ろせばおほかた砂の色なりパリは

レディーファースト意識したりしわが息子扉の前につと立ち止まる

金髪に続き降りればメトロまだ動きをりたり我はよろめく

高すぎるユーロスターの背もたれに埋《う》もれ英仏海峡わたる

コッツウォルズへ

ゆふぐれのロンドンの空みづあさぎ傘をもつひと傘もたぬひと

ゆふぐれのベーカー街をつぎつぎに蛍光色のパーカー走る

ロンドンをめざし混みあふ対向車あかき二階のバスまじりつつ

おほかたの屋根に煙突するゐあれど煙のたつはいつぽんも無し

ゆるやかな緑の丘にあらはれて羊ときをり牛まばらなり

わが耳をかすめ羽ばたき水に入るコッツウォルズの鴨はたくまし

シェイクスピアの母の生家の庭すみに待雪草《スノードロップ》ひと群きよし

羊の仔けふ見しことの幸ひに整へられしベッドに入りぬ

若狭の鯛

こぶりなる若狭の鯛のぎんいろの雨ふるひるを濡れつつあゆむ

かすていらほろろほぐるる春の日やわが手のひらに雀子よ来《こ》よ

恋ひとつ秘むる娘かくれなゐの柘榴《ざくろ》の酒をあかりにかざし

遠く遠く指輪捨てにゆくものがたり愛しみし子は教師となりぬ

湧水はめぐりめぐりて蛇口よりほとばしりたり諸手に受くる

麻のジャケット

初めての給料に子が買ひくれし麻のジャケット着ればはつなつ

葉柘榴《はざくろ》のしげりのいへにこもりゐし同級生のその後を知らず

さかさかとふれあふおとを確かめて地這胡瓜の種を買ひたり

青麦の穂先けぶれる武蔵野のはたてをゆけり日傘はつばさ

瑠璃蛺蝶《るりたては》はげしく翅を打ちてをり橡《くぬぎ》の樹液沁みだすところ

天竜川

天竜川のぞむなだりの桑畑の土かわきけり日は照りながら

桑畑に入りてはならぬと祖母いひき尖りしえだが顎《あご》切り裂くと

おのづから落ちしあまたの桑の実は黒紫に土濡らしゐき

仄ぬくきひる蚕室《さんしつ》のうす闇にカイコしろじろみじろぐを見つ

オンブバッタは親子とばかり思ってた少女のわたし首ほそぼそと

にごりなき天竜川のかはかみにわれら泳ぎき小鮒《こぶな》とともに

白旗がみえて走つた河原までひとすぢほそき風草のみち

ザザムシのザザは浅瀬のことと知る　天竜川のせせらぎきこゆ

蚕を飼ふ

桑の葉を冷蔵室に押し入れてカイコを飼ふと娘いひたり

菓子箱のなかに桑食む幼虫のいつしんふらんは三日となりぬ

ぞんぶんに桑を食みたる幼虫はおのづから糸吐き出すらしも

骨のみの団扇《うちは》立つやうにくふうして娘《こ》は糸を吐く蚕を這はす

幼虫は身をくねらせて少しづつ団扇は糸におほはれゆくも

糸吐く様つぶさに見えね五日目にうちはの骨をおほひ尽くせり

知らぬまに脱皮してをり幼虫は十の蛹《さなぎ》となりにけるかも

教材のさなぎとうちは携へて娘《こ》は出勤すつゆざむのあさ

琵琶湖周航の歌

近江なる烏丸《からすま》といふみさきにて風車《ふうしゃ》を見上ぐ歌のなかまと

すずやかなあしもとを見せ大蓮は植物園の鉢にいきづく

みづうみに縮緬《ちりめん》のごと波はたち比叡をつつむうすにびの雲

雲間より光のたばはおごそかにみづうみに射す祈らむよいざ

うつすらと日のさしそむる船上に琵琶湖周航の歌くちずさむ

踏切の音

踏切のおとの聞こえるこの朝《あした》ブルージーンズ高々と干す

となり家《や》の少女のさらふ「アラベスク」九月の庭を蜥蜴《とかげ》が走る

あふのけの蟬の腹部のふくざつを台風去りし庭にみてをり

ふくろに入れ十円くれしお巡りさん拾ひ届けし子に「ごほうび」と

紅殻《べんがら》いろのトマトカレーを食べをれば駅前食堂夏ゆかむとす

薔薇を伐る

怪獣シール貼りし机をひとつのこし娘は家を離れゆきたり

庭石につまづきながらひよこ追ふ五歳の娘わたしにをりき

母といふやまひなつかしこまごまと娘へおくるもの揃へつつ

母の手の甲にみたりし老斑をみづからにみて薔薇を伐りをり

あたらしき友得しごとくあきの日に娘の部屋をわれは訪ふ

山すその伊那の湧水すみとほり抜きし漬菜を母とあらひき

日にひとつ食べる林檎のサンふじの蜜すきとほる信州そだち

おにぐるみ握りしめれば弟のきかんきなりし昔しのばゆ

「親不知《おやしらず》トンネル」を過ぎいつせいに我らの視線海になだれつ

生涯の紅葉《もみぢ》見尽くすごとくをり黒部峡谷きりさめに濡れ

砕氷船

密々と寄りてかがやく雲のしたの雪降るまちへ機は入らむとす

白樺の疎林ゆさぶる地吹雪を車窓に見をり肩冷えながら

淡青《たんじやう》の雪原の果てうるむごと留萌《るもい》のあかりともり初めたり

鏡面のごとく凍れる雪のうへをバスまであるく羽幌《はぼろ》二十時

砕氷船おーろら号の船べりにせり上がり来る氷塊を見つ

廻りつつ昏き海よりあらはれて白き氷塊かずかぎりなし

砕氷船すぎて程なくしろじろとオホーツク海ふたたび凍る

雪のこる舗道にわれを追ひ越しざま舌打ちせしはパリの青年

歌の友

こんなにもそらあをあをと晴れわたり田村よしてるさんがゐない

天の手がぎしりぎしりと圧縮し一人をしろき壺にをさめつ

水のおもてふたたび閉づるしづけさに一人のゐない世界にゐたり

らうらうと「黒の舟唄」うたひゐし君が逝くとは思はざりけり

「あの頭鴨とちがふよ」田村さんの言つてた鳥の名がわからない

お！ジャズと田村よしてる声あげき遠山あをき上田のまちに

＊

ごごさんじ本堂にゆきお経読む遍照院にて歌会のあれば

灯明の照らす御堂のひとすみに目を凝らし読む般若心経

もうきみのゐないこのまち羯諦《ぎやあてい》と呟きゼブラゾーンを渡る

君の墓くつきり「天」と彫られゐつ芽吹きに早きポプラを見上ぐ

監獄博物館

網走のここは監獄博物館めぐるわれらに四月の吹雪

自給自足のなごり味噌蔵、醤油蔵、鍛冶屋跡ありひろき敷地に

天窓のひかりさしをり放射状五棟木造のふるき舎房に

維新後の反乱士族収むべく監獄あまた造られたりき

北海道横断道路つくるため駆り出されたり鎖ひきつつ

受刑者と同じメニューは盆の上の「監獄食堂ほっけ定食」

土いろの春の十勝にひろがれる麦の緑が目に沁みわたる

評判のスープカレーを食べてをり剝製の熊ならぶ傍へに

Ⅲ

枇杷

アップルパイ真一文字に切りわけるわが包丁は関孫六《せきのまごろく》

しづかなる青年居間にむかへたりふるふる桃のゼリーを掬ふ

脚立に立ち背伸びしながら枇杷の実を捥ぎしわが子も嫁ぎゆきたり

ばつさばつさ伐りおとしたる枇杷の枝うちかさなりし六月の庭

枇杷の木を曼荼羅《まんだら》のごと囲みゐし紫陽花《あぢさゐ》、菖蒲《あやめ》、葵《あふひ》、梔子《くちなし》

みちのくの月光菩薩の御脚《みあし》おほふゆるきドレープふとおもひ出づ

ろくぐわつの庭は何やらなまぐさしぼんやりをれば絡め捕らるるぞ

艶やかな桜桃ざくりざるにあげ激しくなりし雨をききゐつ

立会人

暮れなづむ空みてをればサイレンの音はちかづきまたとほざかる

穴六つ腹腔にあけ弟はロボットアームに手術されをり

「もも水」のボトル二本を飲み干して待つことすでに四時間となる

立会人われ見詰めたり示されしこぶしくらゐのひと塊を

濡れてゐたり乾いてゐたりする舗道　囚はれ人の如く見おろす

骨折

体当たりされたるわれは横ざまにプラットホームに打ちつけられつ

ホームより車椅子にて運ばるる駅長室はおくゆきのあり

担架より移さるるとき激痛はきはまり夜の病舎に呻く

胸の上にケータイひとつ握りしめＣＴスキャン撮られてゐたり

「見ますか」と聞かれて見をり寛骨の末端恥骨折れたる画像

かぞふれば十七日か寝るも起きるも座るも痛し一歩もあゆめず

車椅子押され廊下をすすみをり雨激しきを看護師は言ふ

骨といふ骨の見事に除かれしカレイの煮付おいしく食す

車椅子ぐいと漕げば病棟の廊下にこころいささか弾む

台風の過ぎたる窓のあさぎいろ『矩形の空』をおもひて見をり

北本駅の勘九郎似の助役さんに会ひにゆかむか退院したら

菊芋スープ

雨の日は三面鏡をみがかうかパッサカリアをひくくながして

菊芋のスープはかすか汐《しほ》の香《か》のするといひにし母かもむかし

眠るのがへたな母の血だんだんとわれに濃くなる木犀にほふ

町川に脚濡らし佇ちみじろがぬ鷺よあきらめのわろきか汝《なれ》も

忘れたきもろもろはあれ木枯らしに肩甲骨を押されて歩む

隣席の人にティッシュをさし出さる鼻をすすりてゐたりしか我は

ロボット犬買はむと嘗《かつ》てデパートにわが行きしとき売り切れてをり

おとうとの家おとなへば黒ずみしダルマ鋏は玄関にあり

星座の切手

るりふかき星座の切手あまた貼りこづつみおくる母となる子へ

天王洲にあがりしくぢら喰ひつくし塚こしらへし江戸の人々

あかき脚くの字に曲げて映りをりセイタカシギは沼のみどりに

副担任われもうたひし「鳥の歌」合唱祭のちかづきくれば

「楽しさう」が理由だつたか担任になつてとわれにせがみしA子

胸しろきおろろん鳥の寄りあへるサハリンの海おもひてねむる

引きの息にひとは死ぬるか波照間《はてるま》のしまかげはるか見し日をおもふ

野づかさのポプラを風は吹きぬけてきみ逝きたりし日がめぐりくる

さくらシール

かみの毛のこい子うすい子みどりごは並びて眠るガラスの向かう

マスクかけ体温はかり指きよめみどりごに会ふとびらをあける

柔らかさうな頰にほんのりあかみさし初孫《うひまご》ねむる白きうぶぎに

四時すぎの陽ざしよろこびかすかにもミルクのにほふ産着を干せり

はんつきほど夢中に過ぎぬみどりごと暮らすは三十八年ぶりか

さくらシール貼りし障子にはるの陽は溜まりてゐたりみどりご眠る

よその庭のたわわな果実とおもひゐしみどりごねむるわが腕の中

交換日記

ジプシーの舞曲ききゐるあさにして白木蓮の冬芽がひかる

雛人形の二十余年のねむりとけば息を呑むほどかんばせ白し

笛太鼓きこえタンポポ咲いてゐる天神さまへつづく小道に

「蒲公英」と名づけかはした交換日記十三歳の少女のわれら

声あはせ姉とうたひし「早春賦」つらら下がれる谷間の家に

草原

なだらかな丘のくぼみにぽつぽつと肥後あか牛か座れるが見ゆ

はるばると来たりし阿蘇にながめをり緑まばゆくつづく草原《くさはら》

泣きたくはないのに涙にじみ出づ青々とただつづく草原

カルデラのなかに田居あり家居あり湯の宿はあり阿蘇にてねむる

カピバラはしづかにまなこひらきたり鉄輪《かんなわ》温泉噴気のほとり

厚壁の「うだつ」見上げてはつなつの天領豆田魚町あたり

日盛りのすいれん鉢の底にしづむ目高二匹がうれひのはじめ

美女柳は弟切草《おとぎりさう》のなかまなり花の終りの黄のいろまぶし

火垂るの墓

夏草の露にくるぶし濡れながらホタルを追ひきわれと弟

六十年おもひみざりき部屋のうちに放ちあそびし蛍のゆくへ

「欠食児童」と板書しながら生徒らに「火垂るの墓」を語りし日あり

欠食を知らぬわれなり幾十の食ひ入るやうな視線を受けて

ゴム草履むぎわら帽子の痩せっぽち七歳われに憂ひなかりき

冬虫夏草

菌類をさがして雨後の六月の森ふかくゆくルーペを下げて

つとしやがみ朽葉かきわけ青年言ふ「冬虫夏草《とうちゅうかそう》ここにあります」

その芽立ちわかき茂吉のよろこびし藪萱草《やぶくわんざう》は土手にいきほふ

痩せすぎの十三歳《じふさん》われが土手にみしほのほのいろの萱草のはな

庭のべのわが忘れぐさ枯れ果ててゆめの男をおもふをりふし

髪かざり

みどりごの握りしめたる布絵本『はらぺこあおむし』わらわら笑ふ

どの言葉よりもはつきり「はい」と言ふ一歳半の孫しかられて

いつの日かこの子かざらむくれなゐの音符のやうな髪かざり買ふ

さみどりのクリームソーダのさくらんぼ下北沢に逢ひ別れけり

下がりたるジャンヌ・モローの口角をまねして十九歳《じふく》なにも怖れず

浄蓮羊歯

父あらば百四歳の誕生日　潤目鰯《うるめいわし》を火にあぶりをり

スニーカーの鳩目ひきしめあゆみだす岬の道に灯台ちかし

近づけばミストに濡れてふるへをり滝のほとりに浄蓮羊歯は

浄蓮の滝のミストに濡れし眼は碑によみゐたり蜘蛛の伝説

旱星《ひでりぼし》あふぐがに読むけづりみがき作りしといふ『バルサの翼』

下駄スケート

踏み入ればイナゴ四方に跳びはねてひろき刈田に稲架《はざ》かわきゐき

香ばしく炒りしイナゴは晩のおかず丸卓袱台《ちゃぶだい》を囲みてわれら

水張りし田んぼ凍れば子供らは下駄スケートを履いて滑りき

「下駄スケート発祥の地」の碑をみたり積雲しろき諏訪湖のほとり

つれづれに読む小説にコロラドの女探偵りんごパイ焼く

コウモリの頰をコウモリ舐めてをり木に逆さまにぶら下がりつつ

月照らす笛吹川のかはらゆく老いし狐をおもふことあり

剝がれさうな大きな月がのぼりをり幼子ついと頭《かうべ》をまはす

幼子にどこかしら触れ写りゐるわが子もうすぐ母親二年生

三時間半喋って姉はかへりぎは林檎を一つわれにくれたり

「ちゃん」のところ高めにわれを「通《みっ》ちゃん」と呼ぶのは既に姉のみとなり

白い馬

白い馬が楽器となれる物語ふとよみがへる朝のまどべに

白い馬を捜しあぐねるところにてわが少年の声ふるへたり

陽にひらく羽毛布団にもたれゐてつと四十年たちてしまへり

校庭を裸足で駆けしあきの日よ　ただ懸命がかがやいてゐた

段ボール箱になにやら詰めこんで運ぶゆめなれどひとり砂漠を

IV

編集者

幹よぢれし桜をみあぐ身のうちの新生物とたたかふ夫と

癌封じと芸のかみさま同居する烏森神社のお守りもらふ

はじまつて三十分で呼ばれたり手術室へと廊下をいそぐ

「厳しい話をします」と医師の指し示す病巣しろき雲散るごとし

ベッド起こしゲラを読みをり五十年編集者なれば息するごとく

子供らに立派と夫いはれをり張りある声は常とかはらず

病棟のまへの直ぐなるアスナロの六、七本にせまるゆふやみ

工事日誌

にしまどの曇りガラスにひとの影みぎへひだりへ足場をわたる

モーター音金属音はせまりきて高圧洗浄されをり家は

あまたなる色見本よりえらびたる琥珀《こはく》に家の壁ぬられゆく

「おやぢさん」と呼びかくる声わらふ声ひとしきりして昼休みらし

足場の隅《すみ》のケースのなかに一冊の「工事日誌」はしまはれてをり

青い　パパ　ばいばい　車みおくって二歳の孫のことばを拾ふ

モカマタリ呪文のやうに唱へたりドクダミ十字ぽってり白い

「がんばる」は身に添ひきたりつれあひの癌のステージ知りてふたつき

熊野

たいまつを掲げ男ら火祭りの石段のぼるわが去りしのち

かたぶきていまし昇れる竜はみゆ滝のしぶきの煙れるところ

去りがたく十数分をながめをり青岸渡寺《せいがんとじ》に滝かたむかず

持ち上ぐるには重すぎて大硯那智黒石は艶めくばかり

枝々を血脈のごとめぐらせてみやしろのそら統ぶる大梛《おほなぎ》

治癒祈願しるせる護摩木《ごまぎ》にぎりしめ大樟《おほくすのき》の洞をくぐりつ

きのふ今日さはなる神に祈りたるわれはもバスの窓辺に眠る

重畳の山つらぬけどつらぬけどふかき緑の紀州を出でず

串刺しに銀色の鮎焼かれをり去年は遥かむかしのごとし

ハイボールグラスに氷溺れをり補陀落渡海《ふだらくとかい》の海は暮れつつ

おもむろにからだは傾ぎ白髪の女は那智の海に触れたり

秋の蚊

伸びあがり秋の蚊ひとつ打ちしのみに胸のあたりの筋いたみ初む

かにかくに記憶おぼろにあさがほの青の痣ありわが向う脛

あうあうと鴉さわげる午後にして樹木葬などわがおもひをり

スポンジにレモンのにほふ泡たてて流し台《シンク》をみがく傷ふやしつつ

干芋の五キロたちまちたひらぐる家族《うから》らをりき三十年《みそとせ》むかし

カーテンのレースをとほすひのひかり吉野葛餅むすめと食べる

軽井沢銀座通りのあめ晴れて朝取りきうり五本を買ふも

撞木《しゆもく》ひきそれから撞きし鐘の音《ね》は鬼押出しの霧にとよもす

わが腕はおぼえてゐたり弟と撞いてあそんだ無量寺の鐘

釣鐘のしたに泣きじやくる弟よいちばん遠い記憶たぐれば

ぷつくりと赤くイチイの実は熟れて子をとろことろ花いちもんめ

食用菊

食用菊の黄の花びらをひたすらにほぐしてけふの憂ひを忘る

病む人をはなれて紅葉《もみぢ》みにきたり谷のそこひに水はあかるむ

墓地のうへ群れて乱るる鳶《とび》みえてそこよりバスは山道に入る

そのかみの駅弁売りのスタイルにだいふく餅を売る女をり

薔薇香水沁みてにほへるハンカチを枕辺に置きねむる霜の夜《よ》

気根

「わたし」と言ひ口ごもりたる幼子よ十日もすればもう「おねえちゃん」

産むといふいくさ終へたりみどりごと写る娘のメールの笑顔

ボタン押し小さな指でＣＤの出し入れをするおしめのこの子

幼児用入浴剤はよもぎいろ肩までひたるひと日のをはり

はたちの頃を思ひかへせば膝小僧むきだしなりき　寒風をゆく

「さくら染め」のスカーフひろげ友はいふ桜の色は枝にひそむと

八方に気根を伸ばしテーブルにわが胡蝶蘭つぼみがいつつ

園芸部の生徒が育てし胡蝶蘭わがいへにきて五たび咲きたり

雪崩のやうに

またたれか防災無線がさがしをり空のまさをに懺悔にほふ

息子より来たる荷物にあたらしきお守りはありマスクと共に

庭先に苺はあかく熟れゆけり夫のやまひだんだんすすむ

雪崩《なだれ》のやうにその時はきてわが夫もう自転車に乗れないと言ふ

こぼれ種芽吹きて咲きし金魚草の花いろあかしかなしきまでに

麦撫子

骨きしむ痛みとれしかおだやかに眠るがごとく夫逝きたり

これの世をウイルスおほひ日の光まばゆきごぐわつ夫逝きたり

孫ひざに抱《いだ》きほほゑむいちまいに髪ゆたかなり遺影と決める

「ありがたう」棺のうへに花を置く四十八年夫婦でありし

法名のはじめに「編」の字いただきぬ雑誌編集がひと世の仕事

未亡人われの会ふひとみなやさし麦撫子《むぎなでしこ》は種になりつつ

ストーマの装具詰めては何処までもゆきし夫のリュックを洗ふ

礼状を書いていつしか日は暮れぬ土偶の切手いくまいを貼る

鉢植ゑのトマトが赤くなりました君に告げたきこの夕まぐれ

武蔵野の森に夕陽は溶けゆけり「がんばりました」主治医は言ひき

「あきらめ」を言ひしは入院三日前それより十三日の命　忘れず

仙台石

藍鼠《あゐねず》の仙台石にみつしりと彫られ先祖の名はおぼろなり

くちかずの少なくなつて食べてゐるうすももいろの牛の舌かも

死はただ無　君いひにけり鉢の面《も》をあふれて雨は地にそそぎをり

住所氏名生年月日いくたびも書類にしるしわれ生きてゐる

くづほるるまでは百合なり七月の雨をともなふ風にゆれつつ

スマホの中に

雨ののちコスモス咲いて亡き人へ歯科検診の葉書がとどく

半年かけすべて直してぴかぴかの歯にてあの世へゆきし君はも

八か月会はないうちに緑児《みどりご》はスマホのなかに立ち上がりたり

つと目覚めスマホに孫と喋りしがさいごとなりて夫逝きたり

坂の上《へ》にわが住みし日よあるときは韃靼蕎麦《だったんそば》の紅花そよぎ

アーケード抜けてさまよふ芒原ゆめのリュックにバケツを背負ひ

依存症みたいに真夜に通販のかひものをする　かひものたのし

百均に金属製のストローはならびしづかに秋が来てゐる

たいせつな月夜野焼に里芋を盛ってあぢはふ九月になれば

「おぢいちやんどこ」と聞かれて窓際のサボテン映すテレビ電話に

いつしかも月はうつすら雲に透けコノハズクよりメールがとどく

電波時計

台に乗り伸ばせるかぎり手を伸ばし時計の電池わが替へむとす

ふるるるる電波時計の針ふるへうごきはじめて家よみがへる

幼子とひらく絵本にこぎつねが目をしばたたく雪晴れの朝

母さんのきつねが待つよ丘のうへ　ひざに女孫《めまご》のおもみの温《ぬく》し

七草のかゆを炊きをりふるさとの鳩吹山《はとぶきやま》に雪ふるころか

気配

藻のかげに目高いくひきひそませて寒九の庭に水すみとほる

きみ逝きしより三個目の石鹼と詮なきことを思ひておろす

インターホン鳴りだすまへの気配さへわれ感知せり独り住まへば

九か月病まず狂はず来しわれの影うつりをり夜の白壁

週三日筋トレにゆきわが心ととのふらしもクロッカス咲く

一年中みかん生るまち海にそひ広がるまちを君とあゆみき

きのくにを巡りし終《つひ》の旅なりきゆくてゆくてにトンネルはあり

冷えし身を優先席にぬくめつつおもふ賢治の「ほんたうの幸福」

くれなゐの幾つほどけてシクラメン孫はひらがな覚え初めたり

沈丁花にほへばおもふ大きくておろかな犬がともにゐし家

わらわらと鉢の底より湧きあがり目高ら生きておよぐ　嬉しも

百合樹

つぼみの日も葉ざくらの日も乗りたりし病院行きのバス遠ざかる

大村智《さとし》博士の植ゑしユリノキは市役所広場に幹太く立つ

イベルメクチン特許料にて北里大メディカルセンターこの市に建ちつ

「百合樹」なる冊子みたりし談話室あれは夫の手術ありし日

自転車でバスでそれからタクシーで行きしよ森のはたの病院

若き日の岡井隆もつとめゐし北里研究所おもへばゆかし

顔のない猿ぼぼ残る亡きひとがえらびし飛驒の赤いお守り

キッチンの窓をあければこの夕べ鈴《りん》のやうなる月のぼりをり

行列のなくなり店もなくなりぬ庇《ひさし》きいろのメロンパン店

ピスタチオ噛みつつおもふ過ぎし日にわが唇につむぎし愛語

弓なりにからだを反らす法悦もとほくなりたり連翹のはな

海ほたる

海ほたるどの窓からも海みえてぬるき真水に手を洗ひをり

海ほたるいづくの海も薄荷《ハツカ》いろ海ちかくゐて海に触れえず

忘れ潮《じほ》だつたね　とほく海ひかり腸《わた》すける魚《うを》ふたりみてゐた

ペンギンひとつペンギンふたつ眠らうかもう月光の曲も終りぬ

ストレッチ

木は「はつぱ」鳥は「かあかあ」幼子と窓に広がるせかい見てをり

遠そきし人を思へばなかぞらに金魚のやうな雲浮いてゐる

しろいほねの君は遠いよ庭すみに自転車けふも雨に濡れをり

知らない道を漕いでゆくのが好きなきみ捥ぎたて野菜買ひて戻りき

うまく嘘つけなかつたな熱々のあんかけ饂飩《うどん》すする夕ぐれ

谺《こだま》なほ響かひながら流木は西日のなかによこたはりゐつ

いつしかもあはれ心はをどらざり秋の秘湯へいざなふ旅も

一文字整枝《いちもんじせいし》に伐れといふ声す無花果《いちじく》の葉のしげりのおくに

大腿を胸にあてがふストレッチ空気のやうな憂ひをしぼる

いつの日か街角ピアノ弾きませう舟歌《バルカローレ》をまどべに復習《さら》ふ

角いくつ曲がりて来しかわが道に野紺菊さく日向にひくく

あとがき

『夜のあすなろ』は『蜜蜂の箱』に続く私の第二歌集です。二〇〇九年から二〇二二年までの作品より四二六首を選び構成しました。ほぼ制作順ですが入れ替えもあります。

この歌集の期間に様々なことがあり、兄夫婦や大切な友人との永遠の別れがあったり、骨折し入院したりしました。二〇一九年に病気が見つかった夫は、好きだった仕事を続けながら懸命に治療を試みましたが、翌年亡くなりました。今も続くコロナ禍の始まりの頃でした。

コロナ禍以前には、わりあい旅行もでき、息子と訪れたヨーロッパや、夫との最後の旅になった熊野など、特に印象に残っています。娘が結婚し二人の孫が生まれたことは大きな喜びです。

どんな時も歌を詠もうと心に決め詠んできました。日常のささやかな感慨や気付き、懐かしい過去の思い出、見た夢のことなど、思いつくまま詠むうちに、波立っていた心が、だんだん平らになってくるような気がしました。私にとって歌は杖であり祈りだったように思います。

病院の前で帰りのバスを待っていると、ベンチから姿のいい針葉樹の林が見え、脇に「あすなろ」というレストランがありました。「あすなろ、あすなろ」。呟くと、とても響きがよく、歌集の名に頂きました。

「短歌人」に入会以来ご指導を頂いている小池光氏には、身に余る帯文まで頂戴し、心より御礼申し上げます。お世話になっている短歌人会の先輩や友人の皆様に深く感謝いたします。また、短歌について語り合う多くの仲間に恵まれたことは幸いでした。

出版に際しましては六花書林の宇田川寛之様、装幀の真田幸治様に大変お世話になりました。有難うございました。

二〇二二年五月

佐々木通代

著者略歴

佐々木通代（ささき　みちよ）

1949年　長野県生まれ
1998年　「短歌人」入会
2002年　第１回高瀬賞受賞
2007年　第52回短歌人賞受賞
2010年　第１歌集『蜜蜂の箱』上梓
2011年　同歌集にて埼玉県歌人会新人賞受賞
　　　　現在「短歌人」同人

現住所　〒364－0033　埼玉県北本市本町２－26－３

夜のあすなろ

2022年9月5日 初版発行

著　者――佐々木通代

発行者――宇田川寛之

発行所――六花書林
〒170-0005
東京都豊島区南大塚3-24-10 マリノホームズ1A
電 話 03-5949-6307
FAX 03-6912-7595

発売――開発社
〒103-0023
東京都中央区日本橋本町1-4-9 フォーラム日本橋8階
電 話 03-5205-0211
FAX 03-5205-2516

印刷――相良整版印刷

製本――仲佐製本

定価はカバーに表示してあります
ISBN978-4-910181-37-0 C0092